詩集
夢みる薔薇

内藤しのぶ

アスパラ社

内藤しのぶさんの詩は読みやすく自然体で
自身の想いや感情に素直で
心が清らか、かつ安定している。
詩篇のリズムに乱れもなく、読む側も落ち着いて
内藤さんが描く情景スケッチや人への想いに共感できる。
中には素朴すぎる詩篇もあるが
何かほっとして
人としてだれもが持ちあわせている
心のふる里に還ったような思いになる。

――古屋久昭（詩人）

詩集　夢みる薔薇　目次

街角

公園

喫茶店

キャンパス

花園

街角

銀座のクリスマスイブ

クリスマスの
デコレーションで
暖かい
冬の銀座

暗い夜空に
星のごとく
キラキラ輝く
ネオンやツリーの
イルミネーション

彼と腕を組み
おしゃれな
恋人気分で
銀座通りを闊歩《かっぽ》

ブーツ

おめかしして
お気に入りの
ブーツを履いて
いつもの通りを

カツ　カツ
カツ　カツ

足もとを
しっかり意識しながら

私は今から
彼の待つ喫茶店へ
軽やかに足を運ぶ

イタリア製の靴

晴れた秋空の下
都会の街路樹が
揺れている

彼とのデート

久しぶりのハイヒールに
テンションがあがる

でも
靴ずれをおこし
苦痛に顔が歪む

立ち寄った靴屋さんで
彼が
イタリア製の靴を
プレゼントしてくれた

公園

子ガモの学校

子ガモたちが
きれいに澄んだ池を
スイスイ
スイスイ
とっても楽しそう

あれ
先頭を泳ぐのはお母さんガモかしら
まるで先生に
先導されているように

子ガモたちが
見事に一列になって
ルンルン気分で
ついて行くよ

池をあがって

かわいい黄色の足が
ペタペタと
上手なあんよで
とっても愛らしい

カモたちの幾何学

カモたちの幾何学の授業は
池で行われる

今日は直線や
図形の勉強だ

横泳ぎのカモは
水面に飛行機雲のような
直線を描き

縦泳ぎのカモは
池に扇子のような
扇形を描く

カモたちは定規を使わずに
いとも簡単に
素晴らしい図形を
水面《みなも》に描いている

アヒル君

黄色い嘴と
黄色い水掻きの足をもった
かわいいアヒル君

どうも　自分をアヒルだと
思っていないようだ

通りすがりの
おじさんに
熱心に口をパクパクしながら

何か話しかけて
困らせている

再び
ヨタヨタと歩いては
二人の恋人の中に入り込んで
じゃまをしたり
ポップコーンを
おねだりしている

水のお城に住むプリンセス

水のお城に住む
プリンセスは
幸せそう

だって

こんなに暑い夏の日なのに
水しぶきを
いっぱい浴びて
涼しげに

太陽の光に
輝く
ダイヤモンドのような
宝石と
遊んでいるんだもの

詩集「エトワール」より一部修正して再掲する。

噴水のお祭り

森の中の公園で
噴水による
共演が展開されている

大小さまざまな
水しぶきの噴水君たちが
いろいろな芸を披露して
私たちを
楽しませてくれている

噴水の親子

大きな
お母さん噴水を
小さな
子供たちの噴水が
まわりから
取り巻いて

精一杯
空高く
水しぶきを飛ばしている

晩秋の上野公園

枯れ葉　散る
上野公園の不忍池が
夕焼けに映えている

ふと横を見ると

肩を寄せ合う
恋人たちや
リズミカルに

落ち葉を踏み踏み
晴れやかな気分で
笑みを交わす
恋人たち

心が和む
夕映えのひととき

ハゼの木

詩人の旧家を訪れ
庭の
紅葉した
ハゼの木の下で
詩人が愛した
小さな秋を
私も
見つけた

喫茶店

不思議なあなたの口許《くちもと》

お洒落な喫茶店で
あなたと向かい合って
楽しいおしゃべり
魔法のようにお話しが
次から次へと
出てくる

その不思議な
あなたの口許が
とても愛らしくて

思わず
キスしたくなってしまう

蘭の花

私の好きな喫茶店に
私の好きな蘭の花

私の瞳の中に
その
高貴な花が
映る

what?

さりげなく
間接法が脳裏に浮かぶ
とてもテクニシャンな
自分

先生になったような
高揚した
気分

ある二人の空間

あなたは私に言った
二人で
本の街を歩こうよ　と
二人で
本たちとにらめっこ
二人は
満足感でいっぱい

そしてお互いに
むじゃきな笑顔をかわす

そんな
二人だけの
世界への
逃避行を

一人
喫茶店で
瞑想する私

グラスの中のレッドワイン

大きな窓の外には
大都会
夜のイルミネーションが
乱舞している

二人はソファーに
ゆったりと
深く腰をかけ
静かに流れる
クラシックのメロディーを

聴く

今日という
二人の大切な思い出に
心を込めて
レッドワインで
〝チアーズ〟
乾杯したね

森の中のレストラン

彼は　森の中にたたずむ
古城のような
おしゃれなレストランへ
私を誘って
車を走らせてくれた

広大な緑の森の中
ひときわ目に映える
そのレストランの
窓辺に座り

二人だけのおしゃれな
ディナー

森の中にたなびく
不思議な夕日の色を
彼とともに観賞し
酔い暮れる

ラグジュアリータイム

私の他に
誰もいない
たった一人のこの喫茶店に
大きな窓から
西日が
優しく差し込んでいる

静かに流れる大好きな
クラシックのメロディーに
心はすっかりリラックス

ラグジュアリーな気持ちで
満たされる

彼との思い出が
一コマ
一コマ
オムニバスとなって
私の脳裏に蘇る

あなたを待つ喫茶店で

ガラス窓の向こうには
それぞれの目的地に向かう車が
往来している

ミルク色のラッシーに
あなたの姿を　思い浮かべる

今ごろ
どこを

走って
いるのかしら

このストローを
魔法の杖にして

窓ガラスに
あなたの姿を
映したい

詩集「エトワール」より一部修正して再掲する。

カフェテリア

カフェテリアで
窓の外の景色を
見ながらふと思う
クリスマス イブに
雪国で
彼と二人

キャンドルの
淡い光に包まれながら
窓の向こうに
静かに舞う
雪を

寄り添い
微笑みながら
見ていたいな

バラのあふれる喫茶店

講義も終わり
なだらかな坂道を下っていくと
お気に入りの
バラのあふれる喫茶店

マスターが笑顔で迎えてくれる

まるで　私のために
クラシック音楽が流れ
バラが飾られ

好みのカップと
大好きなチョコレートが
並んでいる

私は一人で
コーヒーを飲み
この宝石箱にも似た
素敵な空間を
どうやら独占して
しまったようだ

詩集「エトワール」より一部修正して再掲する。

キャンパス

キャンパス（一）

彼が
通ったキャンパス
煉瓦《れんが》造りの校舎と
銀杏《いちょう》並木

冬の穏やかな
あわい光りの中を
散歩

彼の昔話に
優しく
ほのぼのと
耳を
かたむける

キャンパス（二）

古い煉瓦造りの校舎が建ち並ぶ
キャンパス

うす暗い校舎内に
小さな窓から
光が柔らかく
差し込んでいる

彼と二人で

石造りの階段を
登りながら
手すりの
黒褐色の光沢に
長い歴史と
アカデミックな
重みを感じる

三四郎池（育徳園心字池）

無数の野鳥の
鳴き声が聞こえ
百種類にも達する
野草や樹木に囲まれた
三四郎池

私は今
そのほとりにいる

緑色に包まれた庭園で
小鳥の囀《さえず》りを聞く

夏目漱石が描いた
小川三四郎と同じ様に
育徳園心字池の周辺を
散策した気分に
私も　浸っている

図書館（一）

窓辺の席で勉強中
目の前に稲妻がピカリと走る
そういえば
窓の外が暗くなった雰囲気
雨が降り出し
雷と雨の音と共に
しっとりとした湿気に包まれる

何となく心も
しっとりとした気持ちに誘われ
思い出にふける

幼い頃
黄色い傘で
赤い長靴はいて雨の中

水溜まりを
ピチョ ピチョ
ピチョ ピチョ
水溜まりを
あえて求めて
楽しんだ思い出

窓を閉めると
雨音がなくなり
こもった図書館の本の臭いに

息がつまりそう

でも
これぞ
私の大好きな
時空の世界

図書館　（二）

明日は
フランス語の前期試験

人がまばらな
明るい昼の図書館で
テキストのおさらいに熱中

知らない単語に
出会っては
辞書を引く

フランスの
エキゾチックな風に酔ったように
辞書がパラパラ
めくられていく

バイブル

バイブルを読んでいくと
とても
透明な気持ちになります

幼稚園時代
園長先生に
教えてもらった
「清純と純粋な心」
ということが

色濃く蘇ってきます

バイブルは
私にとって
必読書であり
心の羅針盤です

旅とドライブ

真夜中のドライブ

真夜中の
ハイウエイを
都会のライトの波をぬって
車のアクセルをふかす

ビルからこぼれる明かりは
週末の忙しさの象徴か

光と闇が交差して
車窓の外につづく

夜景の移ろいが
私の目を
ビューンと
通り過ぎていく

車中の講義

詩人の家に向かう車中
ラジオから
ギリシャのエロスの講義が流れる

彼はボリュームを
上げ
真剣に聴き入る

その真顔さが
とってもおかしい

帰りのバス

帰りのバスの中
あなたの肩に
もたれかかり
そっと目を閉じると

今日の
雪景色の中の二人が
まるで真綿に
包まれていたように

暖かく
優しく
思い出されます

朝・昼・夕暮れ・夜

朝日の輝く湖

朝の太陽の光に
湖の水面《みなも》が
キラ キラ
ユラ ユラ
緩やかに輝いて
ゆったりと
のんびりと
ボートを漕ぐ
恋人たちを浮かべている

私の目の前にある
赤い野いちごも
太陽の光を浴びて
まるで
宝石のルビーのように
真っ赤に
光り輝いている

ダイニング キッチン

彼と散歩をし
買い物もしたあと
遅い昼食を
ダイニング キッチンでとる

レースのカーテンが
風に揺れる

静かな
二人だけの

アフタヌーン
カーテンから
こぼれる光りは
サティーの*
ジムノペディーのようだ

＊エリック サティ：フランスの作曲家
一八六六～一九二五
ジムノペディ：エリック サティ作曲ピアノ独奏曲

鏡の池

森の中の池は透明
優しくそして穏やかに
水面《みなも》が揺れている

夕日に照らされながら
緑の木立を映し
鏡のようになったこの池に
今日一日の池の歴史を
感じる

そして
今日一日の自分を
その水面《みなも》に
映し出してみる

一番星　(一)

まだ　かすかに
夕日がのこる西の空に
大きく誇らしげに輝く

一番星
見つけた

でも

何か　寂しい
黄昏どき

一番星（二）

橋の向こうの
扉を開くと
二人は
思い出の旅人となる

あなたと私の見つめる
大きな夕日は
水平線の彼方へ

そして
一番星が
澄んだ西の空の中に
一人でキラキラと輝き
私たちを迎えてくれる

愛のメロディ

夕暮れ時
セントポーリアを
見つめ
悲しくて涙する

そんな　私を
彼の愛のメロディが
救って
くれた

記念写真

月明かりが
ほんのりと
車の中の二人を照らす

今日のさよならの
間際・・・
残された時間が少なくなるにつれ
お互いを思う気持ちの
密度は
濃くなる

最終電車の時間まで
あと三分しかない

極めて短時間だけれど
瞳を見つめ合う

その一瞬が
今日の二人の
記念写真となる

三日月に向かう階段

彼と私は
都会の夜のネオンの波を
駆け抜け
夜空にほんのり輝く
三日月を見つめる

手を取り合い
三日月への階段を
一歩一歩
登って行く

いつしか二人は流星になって

果てしなく広がる
夜の宇宙空間で
無邪気に飛び交い
仲良く三日月に腰かける

瞑想から目覚め
ふと目を足元に落とすと
晴海埠頭の海に
揺れるネオンの明かりと
海に浮かぶ碇を降ろした大きな船

久しぶりに見る
海とネオンと大きな船

二人だけの夜に酔いしれる

十六夜の月

蒼鉛《あおなまり》色の空の合間に
時々　黄金色に輝く
十六夜の月

出会った瞬間
針が体を刺すように
感激で心が震える

静かな
秋の夜の

月の美しさよ

遠くにいる彼も
きっとその雰囲気に酔い
私と同じ
十六夜の月を見つめ
私を思い出しているに
違いない

桜吹雪

一人
夜の散歩に
出かけ

月明かりに
照らされる
桜吹雪の
美しさに

思わず立ち止まり
花びらと
頬ずりをする

二人は

小雨　Soft Rain

心から
優しい
気持ちになれる
そんな日に

小雨が
車の外をパラつく

無言の彼と私・・・

移ろいゆく緑の景色と
私に触れる
彼の手の
温かさが
私の心を
さらに
豊かに満たして
くれる

マーガリン

二人は
熱く焼けたパンに
載せた
マーガリンのように
トローッと
とろーっと
蕩《とろ》け合う

H_2Oと相似

あなたと私は
H_2O

二人は
混合物じゃなくて
化合物なのよね

合同と相似

あなたと私は

とっても良く似ている

でも
合同形ではなく
相似形よね

だから二人は
相性が良く
助け合えるのよね

雨のメッセージ

神さまの住む
天のお国から
雨の雫になった
メッセンジャーたちが
私とK君の乗る車の
フロントガラスを
ノックする

二人に
何かを伝えたいのだろう

次から
次から
やって来る
メッセンジャーの
雨の雫の声を聞きながら

二人を乗せた車は
高く
高く
未来に向かって
のぼって行く

雨と風の模様

幾何学模様を
織りなす
雨と風に
踊らされる傘

相合い傘の
愛しあう二人は
グリップを
ぎゅっと強く

握りしめる
そうしないと

二人が
バラバラに
されてしまうから

そして
どこか遠くへ
飛ばされてしまいそう
だから

友のクマに乾杯

変わらぬ友情に
目と目が輝き
二人の炎の視線は
力強い未来を予告している

今宵の思いよ
永遠《とわ》なれ

さあ友よ
未来に乾杯！

彼の瞳

彼の心が
いつも心配で
「愛してる？」
と　瞳を見つめて
たずねると
ふりそそぐ
彼のやさしい瞳が
笑っている

「もちろん・・・」だって
たまらなくうれしくなって
彼の胸の中に
とびこんじゃった

自然に浸って

山での缶ビール

友と一緒に登山
激しい汗を流しながら
行程の苦難と
究極の喉の渇きを
ついに乗り越えた

辿り着いた岳沢ヒュッテで
堅く手と手を握り合う

その手に入る力もはんぱじゃない

さあ　缶ビールで
乾杯だ！

喉をゴクゴクと冷たいビールが通る
登頂の感激とビールの美味さが
体の芯までしみわたる

安堵感と満足感で
我に返った今
目に映える周囲の山々の美しさに
身も心も満たされている

登山

山に登るとき
眠っていた私の魂が
目を覚まして
ダイヤモンドのように輝く

一歩一歩が
体に響き輝きとなる

その一歩一歩が
自分を強く確かなものにしていく

さあ頂上を目指して
ファイト！
ファイト！

ロープウェイ

あなたと
純白な国から
空をゆっくりと舞い降りる

霧にけむる
アルプスの山々を
ロープウェイの車窓から
遠望する

暖房の無い車内
あなたのセーターの
編み目から出る
あなたのヒーターの
暖かな温もりに
凍える私の寒さも
どこへやら

銀世界

ねぇ　あなた
あなたの好きな
真っ白い雪の
銀世界にやって来たわね

周囲を見渡しても
誰も居ない
ただ
二人きり

室堂の東方に聳える
分厚い雪の帽子をかぶった
雄々しい山 「雄山」
その北西山腹に
天然記念物の「山崎カール」が
西側に顔を向けている

一足早い冬の登山道を
ペアルックの防寒着を着て
サク サク
サク サク
足並みをそろえて
登って行く

八方池のベンチで

もう雪が
少し積もっている
肌寒い八方池

ベンチに腰かけ
白馬の山々を
見つめる二人の

背中を
太陽が後ろから
暖めてくれる

ナナカマド

大きな石や
小さな石などを
踏みしめて

一歩一歩登りつめ

アルプスの山々を
見渡せるピーク
赤く燃えるナナカマドの

横に立つ
あなたが
私の道標

キャップをかぶる君

君は　急降下する
ロープウェイで
君のかぶるキャップを
ワイパーにして
外の雪景色が見えるように
曇りガラスを
透明にしようとしているね

でも
ガラスの外が曇っているから

どんなに君が努力しても
なかなか
外の景色を
見ることができない

その事が分かっていても
君は決して諦めようとせず
懸命に
ワイパーを
動かし続けている

私に
外の景色を見せようとして

霧のかなたの君

おーい！

君は
何処へ行こうとして
いるんだい

君を
懸命に
追いかけているのに

真っ白い
濃い霧の彼方に

君が
だんだん
小さくなって
見えなくなっていく

君を
抱きしめ
その無邪気な
笑顔を
独占したいのに……

高山植物

今日の
あなたと私は
まるで
残雪のあいまに
小さく

でも

力強く咲く
高山植物のよう

蒼氷

雪が針のように
降り
寒さが頬を刺す

白以外
何もない
氷点下の
銀世界で

あなたは
大好きな
蒼氷に
何度も
何度も
シャッターを
切る

千畳敷カール

一万年前の氷河を求めて
木曽駒ヶ岳の千畳敷

高山にしては珍しく
広大な運動場のようだ
畳を敷けば
千畳も敷けるのだろうか
その広大な広場の呼び名は
「千畳敷カール」

大昔
ここに
氷河があったそうだ

何ものにも
穢《けが》されていない
真っ白い雪の中を

おろしたての
キャラバンシューズで
サクサク歩く

残っていく
プルシアンブルーの
足跡

波の音

あなたは私に言ったわね
僕は目を閉じて
波の音を聞くのが好きだって
だから私も
あなたと同じ気持ちを味わいたくて
あなたの横で
目を閉じているの

そこは

真夏の太陽が照りつけ
海がまっ青に輝いている
浜辺

波が
何度も何度も
私たちの足もとに
打ち寄せては引き
また
打ち寄せては引き
ザーッという音と共に
去って行く

目を開けると
あなたの

あどけない横顔
心臓が高鳴る
私が
ここにいるの

晴海埠頭

真夜中の晴海埠頭
月は青く冴え
夏のそよ風と
海の潮風が
私の髪を揺らす

暗闇の中
波が
何度も何度も
桟橋に打ち寄せている

遠くには
揺らめく都会の
イルミネーション

緑色に輝く
レインボーブリッジ

私は
ハイヒールの音を響かせて
彼と
深夜の晴海埠頭を
歩く

花園

ご先祖様の薔薇

我が家の庭先に咲く
可憐な薔薇
花は小さいがたくさん咲く

お父様が若い頃植えた薔薇

今は天国からいつも
私たちに挨拶し
エールとメッセージを
贈ってくれる

「心豊かに生きなさいよ」と
お父様の面影を感じ
薔薇を愛した思いが心に響く

私たちも心から愛し
生きる糧としている

お父様の残してくれた
薔薇を
そして
精神を

花と私

あなたの愛で
花と私を
もっと　大きく美しく
咲かせて欲しい

咲きかけた花は
愛されることで
さらに美しく
咲き誇るのだから

花の命は長くあってほしい
そして美しく
ずーっと
私と一緒に咲き続けて欲しい

もっと
もっと
見つめて欲しい

そしてあなたの愛を
恵みの雨のように
私に
たくさん
たくさん
降り注いで欲しい

花の大群（チングルマ・バラ科）

可憐で
美しく
愛らしい花の
大群に出会った

それは
チングルマ

真っ白な五枚の花弁

中央には
盛り上がるほど沢山の
黄色い雄しべと雌しべ

白い花びらと
黄色い花柱と
緑の葉

喉が渇き
息が上がり
ヘトヘトの私たちを
正気にさせてくれた

レンゲの中の少女

茶色の髪が
やさしい光りに
かがやき
レンゲとクローバーが咲き誇る中
その少女は
小さな手で花輪を
無心に編む

ちょっと手をやすめて
レンゲにとまる
蝶と
首をかしげて
仲良くおしゃべり

パンジー

雨上がりのキャンパスで

赤いパンジー
黄色いパンジー
紫のパンジー

風に吹かれて
ゆらゆら
ゆらゆら

声を揃えて
ドレミの歌をうたっている

雨の中のアジサイ

今日は　日曜日
朝から雨が
しとしと降っている

とりたてて　何もすることはない
私は　窓の外
アジサイ花を打つ雨の雫に
見入っている

ふと
彼は今ごろ何をしているだろう
と　アドレス帳を開き
受話器に手をかけた

夢の中へ

ラムネの中の出来事

モスグリーンの風情
泡立つ
ラムネの瓶の中で

二人は
ゆったり
のんびり
近づいたり
遠ざかったり
しながら

螺旋《らせん》階段を登っている

振り向いた彼が
目の前で
愛を語りかけている

二人だけの世界
二人だけのハグ

「こんにちは」の国

たくさんの人々と
出会いたい
宇宙ジェット機で
星々の中を高速旅行
辿り着いたお国は
高い
高い
雲の上

灰色の頭巾をかぶった人々が
スーッと近づいてきて
「こんにちは」
と私に挨拶をしてくれる

薔薇の国

あなたと
見渡した
宇宙の青い世界に
浮かぶ　薔薇の国

山々の白い三角屋根の
家々から
明かりがこぼれ
とても暖かい

二人は平和な国にしばし立ち寄り
永遠に輝く星であるよう
願いを込める

いつの日か
また来ようねと
あなたが　私の耳もとで
優しく
囁く

ピンク・ブルー・ホワイトの国

銀河の海を
マッハの速度でタイムトラベル
私は　地球の使者として

ピンク
ブルー
ホワイト　の国を
訪問してきました

それは未来の
それとも過去の
果たして何時《いつ》の事なのでしょう

《しのぶ》という私は・・・

私の幼少時代は大勢の友達とほとんど毎日夕方暗くなるまで、野原や田畑を駆け巡り、虫や魚を捕りながら泥だらけになって遊んでいました。言い換えると「わんぱく少女」だったのかも知れません。

そのような日々を送っていながら、小学校高学年の頃、本（物語）に興味を抱くようになりました。ふと自分に気づくと図書室や図書館で読書にふけっていました。

学生時代文学や語学の専攻でしたが、自主活動ではごく自然にワンダーフォーゲル部を選択して関西地方の山々を踏破し、後に山梨県や長野県方面の山々にも足を運びました。

近年はちょっと足を伸ばして外国へ出かけています。特にスイス、イギリス、フランス、アメリカなどです。日本とはスケールの異なった諸外国の大規模な大自然に浸り感動しています。

国外旅程の中で必ず美術館や文学館をはじめ、図書館や書店にも立ち寄って心を癒します。

やはり私は、アウトドア―派でありながらインドア―派でもあって、流行語を借りるならば「二刀流」のタイプなのかなと思います。

大自然に触れ、美しい絵画や美しい音楽に浸って悦に入った時などに、私の詩的感性がくすぐられて、詩が生まれてきます。

以前からボランティア活動にも関心を持ち活動しており、諸外国の友人や知人との文通による文化交流をはじめ、日本を旅する外国人に国内を案内しています。また、自宅に招いて日本の文化や伝統を直接伝授することをも行っています。

思い出アラカルト

①

③

②

⑤

④

⑦

⑥

⑨

⑧

⑪

⑩

⑬

⑫

写真の説明

①ＵＣバークレー（大学）の構内にて。学生たちと一緒になって、学生気分にひたり芝生でくつろぐ。（2015）

②カナダ・イエローナイフ（北緯六二度・二七分）、凍結したグレート・スレーブ湖の氷上、氷点下三〇度の極寒の地にて、夫と共にオーロラを観察（一二月）。（2004）

③アメリカ・アリゾナ州フェニックス。砂漠地帯に生える巨大サボテン。摂氏四八度の猛暑の地にて（八月）。（2018）

④ハンガリー人家族を皇居へ通訳案内。（2016）

⑤アメリカの友人を自宅へ招く。（2011）

⑥スイス・メンリッヒェン（二二二七ｍ）。背後にアイガー（三九七〇ｍ）、メンヒ（四一〇七ｍ）、ユングフラウ（四一五七ｍ）がそびえている。（2012）

⑦ゴルナーグラート（三〇八九ｍ）にて。背後に巨大なゴルナー氷河が迫っている。（2013）

⑧アメリカ・ヨセミテ国立公園ヨセミテ渓谷にて。背後にハーフドームが聳え立っている。（2013）
⑨グランドキャニオンの断崖に立つ。標高二一〇〇m、気温マイナス一〇℃（一二月）。ビレッジのツララの長さが一mくらいあった。（2013）
⑩憧れのジャン＝バティスト・カミーユ・コローの名画「モルトフォンテーヌの回想」に出会えて感激。ルーブル美術館にて。（2010）
⑪ロンドンとパリを結ぶ高速鉄道「ユーロスター」の車中にて。（2010）
⑫夫と共に農作業。トラクターの操縦。（2020）
⑬駐日アルメニア共和国特命全権大使・グラント・ポゴシャン氏と名刺交換。虎ノ門ホテルオークラにて。（2016）

あとがき

学生時代から書き留めておいた詩を、この度「夢みる薔薇」としてまとめました。

私の詩的感性や詩作感覚を芽生えさせてくれたのは、ウィリアム シェークスピアの「ロミオとジュリエット」やアメリカ映画「エンドレスラブ」などの、ラブロマンス的な内容の小説や映画でした。

生命があり感情にあふれる私たちには、必ず喜怒哀楽という心の動きがあります。特に青春時代には、自らが陶酔してしまうほどのときめく心や愛情が、体の奥底から湧き出してきます。その事こそが、生きとし生けるもの全てが共感し、共有している感性ではないでしょうか。当時は胸が熱くなるような映画が多数放映されていたように記憶しています。その都度主人公になり切り悦に入ったり悲劇のどん底に落ちたりと、多彩な感情に浸ったものでした。おそらく大勢の方々も私と同じように、強く心を打たれその世界にのめり込んだのではないでしょうか。

表題で引用した「薔薇」には、純愛を象徴する意味があります。私たちの心に内在している人を慕う気持ちや、美しい大自然に接して感動する心情などをあえて呼び起こし、心豊かで安寧な人生を送りたいとの願いを常々考えています。それは、私の人生観である「人を想う心の在り方や大切さ」や「自然に対する畏敬の念を抱く重要性」などに、共感的理解を抱いていただければ幸いです。

私の感性や感覚は、今も当時とあまり変わっていません。やはり優しい心や美しい自然に触れたときなど、魅了されピュアな心境に浸ったりします。今後もその感受性を大切にしながら、詩を書き続けていきたいと思っています。

最後に、山梨県詩人会会長、山梨日日新聞月間詩壇選者、第七二回H氏賞選考委員長などでご活躍されました古屋久昭先生には、私の詩篇について細部にわたりご指導やご助言を沢山いただきました。また、詩集の発行は㈱アスパラ社社長向山美和子様にはご尽力を戴きました。お二方に心より感謝申し上げます。

内藤しのぶ

内藤しのぶ（ないとう・しのぶ）

山梨県大月市生まれ。都留文科大学英文科・大阪外国語大学モンゴル語学科を経て日本大学英文科卒業。

元大月短期大学附属高等学校教諭（英語）、元大月市立中学校講師。

中学校１級・高等学校１級教諭（外国語―英語）、J-SHINE（小学校英語教育推進協議会）。

山梨県警察民間通訳・翻訳（英語）、篤志面接委員（法務省刑事施設）、少年補導員（山梨県警察）、北都留地区中学校英語暗唱大会審査員、YSGG（国土交通省・山梨通訳ボランティアネット）会員。元民生委員・児童委員。

ボランティア活動：介護・引きこもり・後見人制度等のサポーター（北杜市）。北杜市赤十字奉仕団員。

趣味：日本文学、英文学、華道、茶道、合唱、音楽鑑賞、芸術鑑賞、旅、ワンダーフォーゲル等。

著書：詩集『エトワール』筆名：星光礼泉十（ほしひかるあいみ）新風舎。翻訳『人生の羅針盤～生き方の処方箋～』共著、アートプリント社。

詩集　夢みる薔薇

2025年4月24日　発行
著　者　　内藤しのぶ
編　者　　内藤　久敬
発行者　　向山 美和子
発行所　　㈱アスパラ社
〒409-3867 山梨県中巨摩郡昭和町清水新居102-6
TEL 055-231-1133
装　丁　　クリエイティブ・コンセプト㈱
印　刷　　シナノ書籍印刷㈱

ISBN978-4-910674-13-1